[Fournier]

OBJETS D'ART

ET

D'AMEUBLEMENT

EXPOSITION PUBLIQUE : le Lundi 11 Décembre

HOTEL DROUOT, Salle N° 2

Mᵉ CHARLES PILLET | MM. DHIOS et GEORGE
Commissaire-Priseur. | Experts.

CATALOGUE

DES

OBJETS D'ART

Anciennes Porcelaines de la Chine et du Japon
POTICHES DE GRANDES DIMENSIONS
Meubles italiens incrustés d'ivoire
LUSTRE EN CRISTAL DE ROCHE
Bronzes et Meubles Louis XIV, Louis XV et Louis XVI
Terres émaillées et Faïences diverses
Anciennes Porcelaines de Saxe. — Glaces et Cadres sculptés
Tapisseries, Guipures et Étoffes anciennes
Cuirs de Cordoue. — Curiosités Diverses

DONT LA VENTE AUX ENCHÈRES PUBLIQUES

aura lieu

HOTEL DROUOT, SALLE N° 2

Les mardi 12 et mercredi 13 décembre 1871

A DEUX HEURES TRÈS-PRÉCISES

Par le ministère de M**e CHARLES PILLET**, Commissaire-Priseur,
10, rue de la Grange-Batelière,

Assisté de **MM. DHIOS** et **GEORGE**, Experts, rue Lepeletier, 33.

Chez lesquels se trouve le présent Catalogue.

EXPOSITION PUBLIQUE :
Le Lundi 11 Décembre 1871, de 1 heure à 5 heures.

CONDITIONS DE LA VENTE.

Elle sera faite au comptant.

Les adjudicataires payeront *cinq pour cent* en sus des enchères.

L'exposition mettant le public à même de se rendre compte de l'état des objets, il ne sera admis aucune réclamation une fois l'adjudication prononcée.

Paris. — imp. de PILLET fils aîné rue des Grands-Augustins, 5.

DÉSIGNATION

PORCELAINES DE CHINE
ET DU JAPON

1 — Deux grandes et belles potiches à couvercles en ancienne porcelaine du Japon. La panse des vases est décorée d'oiseaux, de branchages, d'arbres et de fleurs
en émaux de couleurs. — Hauteur, 85 c.

2 — Belle garniture de cinq pièces, trois potiches à couvercles et deux cornets en ancienne porcelaine du
Japon ; la panse est ornée de fleurs, feuillages, et
oiseaux en relief. — Haut., 90 c.

3 — Deux très-grandes torchères en porcelaine du Japon.
Elles sont formées de deux cornets montés en lampes
Carcel et placés sur deux grosses potiches de forme
octogone pouvant servir de jardinières.
Monture en bronze doré.

4 — **Deux autres torchères** plus petites en Japon et de même disposition que les précédentes.

5 — **Deux grandes potiches** en ancienne porcelaine de Chine avec leurs couvercles, fond bleu de Perse avec rehauts d'or. Elles sont posées sur socles en bois de fer. — Haut.

6 — **Un vase** de forme cylindrique à long col, fond bleu de Perse, avec rehauts d'or.

7 — **Deux potiches** en ancienne porcelaine du Japon, décor bleu à fleurs et rinceaux.

8 — **Une grande potiche** à couvercle en ancien Japon, décor bleu à fleurs, oiseaux et branchages, socle en bois sculpté. — Hauteur, 60 c.

9 — **Grande potiche** en ancienne porcelaine du Japon, décor bleu, rouge et or, monture en bronze, forme lampe et jardinière.

10 — **Garniture de trois pièces**, une grande potiche à couvercle et deux cornets en ancien Japon, décorés de médaillons d'oiseaux parmi des branches, de pivoines, autres fleurs et ornements variés. — Haut., sans le couvercle, 60 c.

11 — **Une grande potiche** à couvercle en ancienne porcelaine du Japon, décorée de dragons, de fleurs et bran-

chages, décor bleu, rouge et or, socle en bois de fer. — Haut., 80 c.

12 — Une potiche Japon bleu, décorée de paons.

13 — Une paire de potiches à couvercles, en ancienne porcelaine du Japon, décor bleu sur fond blanc, avec médaillons à personnages et vases de fleurs.

14 — Potiches du Japon de décor bleu. Sous ce numéro seront vendues plusieurs paires de potiches de dimensions variées et quelques pièces isolées.

15 — Deux grands vases à col évasé, décorés de personnages en émaux de couleurs, sur fond rose, Chine moderne.

16 — Garniture de trois pièces, une potiche à couvercle et deux cornets en terre laquée et décorée dans le goût chinois.

17 — Deux candélabres en bronze montés sur grands vases en terre laquée jaune, ornés de dragons, oiseaux et branchages en relief, supports en bois peints, ornés de dragons.

18 — Grand plat en ancienne porcelaine de Chine, décoré de deux moutons au pied d'un arbuste portant des fleurs, en émaux de couleur.

19 — Cinq très-grands plats en ancienne porcelaine du Japon, décor bleu rouge et or. Seront divisés sous ce numéro.

20 — Deux bols en ancienne porcelaine de Chine, décorés de paysages, de fleurs et de branchages en émaux de couleurs.

21 — Deux plats en céladon vert gaufré.

22 — Deux boîtes à thé, forme carrée, en ancienne porcelaine de Chine, décorées de paysages et ustensiles chinois.

23 — Un grand plat en porcelaine de l'Inde, décor à bouquets et guirlandes de fleurs.

24 — Deux autres, moins grands.

25 — Deux petites bouteilles à long col, en porcelaine du Japon, montées sur pied en bronze.

26 — Une potiche à couvercle en ancienne porcelaine du Japon, décorée de branchages et de fleurs. Monture en bois sculpté.

27 — Grande potiche à côtes en ancien Japon, décor bleu sur fond blanc.

28 — Deux petites potiches à couvercles et deux cornets, décor à personnages. Ancienne porcelaine de Chine.

29 — Six tasses avec soucoupes, en porcelaine de Chine, médaillons de fleurs sur fond bleu.

30 — Deux coupes à piédouches et couvercles à lobes en porcelaine du Japon.

31 — Deux tasses avec leurs soucoupes.

32 — Une aiguière et un petit bol.

33 — Douze petits vases, cornets et bouteille en japon, décor bleu, seront vendus sous ce numéro.

34 — Plusieurs paires de lampes montées sur vases en porcelaine du Japon et faïence de Delpht, seront vendues sous ce numéro.

35 — Deux coqs en porcelaine de Chine.

36 — Sous ce numéro, quelques porcelaines de Chine et du Japon, sucriers, figurines, plats, etc.

PORCELAINE DE SAXE
ET DE SÈVRES

37 — Très-beau service à thé, composé de 43 pièces en ancienne porcelaine de Saxe ornée de paysages, de marines, de vues de villes, animés de nombreuses figurines, du plus fin décor.

38 — Un cabaret en ancienne porcelaine de Saxe, décoré d'oiseaux; 28 pièces.

39 — Deux vases en porcelaine de Saxe, ornements rocaille et fleurs en relief, couvercle à jour et figurines d'amours sur le piédouche.

40 — L'Abondance, groupe de trois figurines en ancienne porcelaine de Saxe.

41 — Un porte-huilier rocaille avec ses flacons en ancienne porcelaine de Saxe décorée de guirlandes de fleurs.

42 — Très-grand saladier en porcelaine d'Allemagne, décor dans le goût chinois.

43 — Un sucrier, un pot au lait et une tasse avec sa soucoupe en porcelaine de Sèvres pâte tendre. Médaillons de fleurs et d'oiseaux sur fond bleu turquoise.

44 — Trois tasses en porcelaine de Sèvres, deux décorées de médaillons à portraits sur fond rose, et une dorée.

TERRES ÉMAILLÉES
ET FAIENCES DIVERSES

45 — Un plat en terre émaillée de Palissy à rosace, têtes de mascarons; encadrement en bois sculpté.

46 — Un autre analogue au précédent, avec médaillons à portrait au centre.

47 — Grand vase à anses et têtes de chérubins en relief, placé sur socle à dauphins ; terre émaillée dans le goût des faïences de Palissy. — Hauteur, 1 m. 25 c.

48 — Plat ovale en terre émaillée, attribué à Palissy, avec sujet représentant le Sacrifice d'Abraham.

49 — Autre de forme ronde, avec le même sujet.

50 — Plat ovale, orné d'un sujet en bas-relief représentant la Femme adultère.

51 — Plat rond à godrons et ornements à jour.

52 — Orphée charmant les animaux, groupe en faïence italienne.

53 — Le Savetier, figurine en faïence d'Allemagne.

54 — Soupière en faïence de Marseille, décorée de fleurs. Époque Louis XV.

55 — Soupière avec plateau et couvercle en faïence de Milan ; décor polychrome dans le goût chinois.

56 — Grand plat en faïence italienne, décoré au centre d'un paysage, et sur le bord de guirlandes de fleurs.

57 — Une bouteille et un cornet à une anse en faïence italienne.

58 — Deux plats à piédouches en faïence de Savone ; figure
de cavalier et déesse sur un char, décor bleu.

59 — Une plaque en faïence de Castelli, sujet allégorique,
cadre écaille.

60 — Une plaque de Delft, vue d'une ville de Hollande,
décor polychrome.

61 — Autre plaque. Paysage avec bestiaux, décor bleu.

62 — Un plat en faïence de Delft, orné d'un vase et de
perroquets, décor polychrome.

63 — Deux plats creux en faïence de Delft, décor bleu à
sujets de chasse.

64 — Un service de douze pièces, tasses et théière en ancienne faïence de Strasbourg, décor à fleurs.

65 — Deux potiches à couvercles en ancienne faïence de
Delft.

66 — Deux figurines assises, homme et femme en terre
de Lorraine émaillée blanc.

67 — Deux jardinières en faïence de Strasbourg variées
de forme.

68 — Un porte-huilier en faïence de Strasbourg.

69 — Sous ce numéro les faïences non cataloguées.

MEUBLES D'ART

70 — **Beau meuble italien** incrusté d'ivoire, à fronton, trois portes et nombreux tiroirs ; la porte du milieu, à colonnettes, est ornée d'une plaque gravée représentant le Triomphe d'Amphitrite. Ce meuble est placé sur table-console, supportée par huit pieds à balustre.

Travail milanais de la plus grande richesse d'ornementation.

71 — **Cabinet italien** à deux vantaux ; à l'intérieur est une porte à colonnes entourée de tiroirs ; il est enrichi de fines incrustations d'ivoire, arabesques, oiseaux, etc. Ancien travail milanais.

72 — **Petit cabinet italien** à porte s'abattant, décorée d'une plaque d'ivoire gravé représentant Neptune et Amphitrite, et de frises à arabesques. A l'intérieur, une porte et neuf tiroirs d'une riche ornementation.

73 — **Douze chaises** incrustées d'ivoire. Le dossier, à encadrement sculpté, est orné de plaques gravées représentant des personnages en costume Louis XIII.

74 — **Deux glaces** avec riches encadrements italiens à fronton enrichi d'incrustations et de médaillons en ivoire.

Beau travail milanais.

75 — **Deux consoles** italiennes formées de statuettes de naïades en bois sculpté, supportant une table enrichie d'incrustations d'ivoire avec pourtour à baldaquin.

76 — **Très-beau bureau régence** en marqueterie de Boulle, cuivre sur ébène et écaille ; il repose sur huit pieds reliés par des traverses en X.

77 — Deux consoles d'applique en marqueterie de cuivre et d'écaille et ornements en bronze doré.

78 — Deux autres consoles analogues aux précédentes.

79 — Lit Louis XIII à colonnes torses avec rideaux, lambrequin et couvre-lit en drap vert et application de soie formant des dessins à rinceaux et oiseaux.

80 — Petit bureau Louis XVI en ébène, enrichi de colonnettes et moulures en bronze finement ciselé et doré. Tablette d'entre-jambes et dessus en marbre blanc. Charmant petit meuble dans le goût de Riésener.

81 — Belle commode Louis XV, garnie de chutes à figures et d'ornements d'applique en bronze doré ; dessus en marbre.

82 — Commode Louis XV, palissandre et bois de rose, garnie de bronze.

83 — Une console Louis XIV en bois sculpté, dessus en marqueterie de bois.

84 — Cabinet chinois en laque de Coromandel et plaquettes en marbre, enrichi de personnages et de fleurs en relief. Ce petit meuble repose sur sa table-console.

85 — Petit écran chinois en bois de fer sculpté et découpé à jour.

86 — Banquette à dossier en noyer sculpté, à cariatides et rinceaux ; elle est couverte en cuir de Cordoue.

87 — Bureau fin Louis XIV en marqueterie, placé sur sa table-console en bois sculpté.

88 — Autre bureau analogue au précédent.

89 — Trois chaises Louis XIII, bois de noyer, garnies en cuir de Cordoue.

90 — Douze fauteuils Louis XVI en bois doré, couverts en velours vert de Gênes.

91 — Table italienne en marqueterie de bois ; au centre est un médaillon orné de chasseurs en costume oriental.

92 — Une table en marqueterie.

93 — Guéridon de forme ovale ; dessus en laque à maison-
nettes, arbustes et oiseaux ; pieds en marqueterie.

94 — Chiffonnier style Louis XVI en bois de citronnier
garni de moulures et de cannelures en cuivre ; dessus
en marbre à galerie.

95 — Les meubles non portés au présent catalogue.

PENDULES ANCIENNES
BRONZES D'ART
ET D'AMEUBLEMENT

96 — Grande pendule Louis XV, richement garnie d'ornements rocaille en bronze doré ; au-dessous du cadran est représentée la fable du Renard et du Corbeau.
Socle-support.

97 — Pendule Louis XIV en marqueterie de cuivre sur
écaille et ornements de bronze.

98 — Petit cartel Louis XV en bronze doré. L'Amour sur
son char.

99 — Pendule Louis XV avec son socle-support; elle est décorée de fleurs sur fond bleu et garnie d'ornements rocaille en bronze.

100 — Petite pendule Louis XV avec son socle; ornements rocaille sur corne verte.

101 — Jolie pendule en bronze doré au mat avec sujet : la Musique et la Folie. Fin Louis XVI.

102 — Pendule Louis XVI, en bronze doré et marbre blanc socle à carillon.

103 — Petite pendule de voyage, écaille et bronze doré, époque Louis XVI.

104 — Petite pendule carrée à dôme, en cuivre gravé et doré, époque Louis XIII. Joli socle garni d'ornements d'applique en bronze.

105 — Pendule religieuse, écaille à filets d'étain et moulures en ébène.

106 — Ancienne horloge hollandaise; mouvement à musique, cadran marquant les heures, les quantièmes, les semaines, les mois, indiquant les phases de la lune, etc.; cage en bois noirci forme religieuse avec ornements en bronze. Elle est placée sur sa gaine en bois noirci.

107 — Deux statuettes en bronze, de N. Jacques : le Fleuriste et le Boucher; costumes russes.

108 — Le Marchand d'eau-de-vie, statuette en bronze de N. Jacques.

109 — La Charité, groupe en bronze, par Debay.

110 — Grand Christ en bronze doré, sur croix en ébène. — Travail français.

111 — Groupe en bronze, Daphné changée en laurier.

112 — Un chenet Louis XIV, statuette d'homme sur socle, en bronze doré.

113 — Deux petits modèles de canon, sur leurs affûts, datés 1670.

114 — Un lampadaire en bronze artistique, syle florentin.

115 — Deux candélabres à 12 lumières avec figurines d'amours, bronze doré, style Louis XV.

116 — Deux candélabres à trois branches en bronze doré. Beau modèle, vases à flamme et à guirlandes, de style Louis XVI.

117 — Appliques et chenets en bronze de diverses époques, flambeaux, etc. Seront vendus sous ce numéro.

LUSTRES

118 — LUSTRE EN CRISTAL DE ROCHE ; beau lustre à douze
lumières , monture en bronze doré, garni de ses cristaux de plaques, plaquettes, pyramides, poires, boule ·
et pièces d'enfilage.

119 — Très-grand et beau lustre flamand.

120 — Lustres modernes, garnis de cristaux.

121 — Petits lustres flamands, appliques-andélabres de
même style.

OBJETS DIVERS

122 — Vénus debout et tenant une rose ; petite figure finement modelée et d'une précieuse exécution ; peinture
à l'huile sur ardoise.

123 — Quatre petits flambeaux en argent ciselé et doré.

124 — TERRE CUITE. — Quatre bustes de Bacchantes, par
Lanzirotti.

125 — Deux montres ; Louis XV et Louis XVI.

126 — Coffret en ambre.

127 — Trois bas-reliefs en cuivre repoussé.

128 — Une théière chinoise en bronze ciselé, gravé et
doré ; fleurs en relief.

129 — Petit bénitier en cuivre repoussé et doré. Époque
Louis XV.

130 — Plusieurs pièces verrerie de Bohême et de Venise.

131 — ARMES. — Scalpels indiens, criqs malais, couteaux
de chasse, etc.

132 — TABLEAUX DÉCORATIFS. — Quatre panneaux représentant des natures mortes : légumes, fleurs, oiseaux,
gibier mort ; encadrements en bois sculpté.

133 — TRÈS-GRANDE GLACE Louis XV à ornements rocaille,
dragons, têtes de chimères et en bois sculpté et doré.

134 — DIX GLACES avec encadrements en bois sculpté et
doré des époques Louis XV et Louis XVI.

135 — BOIS SCULPTÉS. — Cadres des époques Louis XV et
Louis XVI ; appliques à plusieurs lumières, bois de
canapés, etc.

136. — DIX TAPISSERIES ANCIENNES de Beauvais, d'Aubusson
et autres : sujets pastoraux ; grands panneaux, por-
tières, etc.

137 — Lit oriental; garniture de lit en étoffe de soie lamée d'argent à bandes de velours, etc.

138 — Étoffes anciennes. — Draps, applications, broderies, perses, etc.

139 — Guipures anciennes : couvre-lits, etc.

140 — Tapis de Perse et de Smyrne : environ dix lots.

141 — Cuirs de Cordoue.